Tudur Budr

Budr

Cŵn!

Cymeradwyol

I Julia, Edward a Mickey-Love
~ D R
I Zoe, Ed, Arthur, Maisie a Tess y ci ~ A M

Cyhoeddwyd yn 2010 gan Stripes Publishing,
argraffnod Magi Publications, 1 The Coda Centre,
189 Munster Road, Llundain SW6 6AW

Teitl gwreiddiol: *Dirty Bertie – Fetch!*

Cyhoeddwyd yn Gymraeg yn 2012 gan
Wasg Gomer, Llandysul, Ceredigion SA44 4JL
www.gomer.co.uk

ISBN 978 1 84851 471 3

Dymuna'r cyhoeddwyr gydnabod cymorth
Adrannau Cyngor Llyfrau Cymru.

Argraffwyd a rhwymwyd yng Nghymru gan
Wasg Gomer, Llandysul, Ceredigion SA44 4JL

Tudur Budr

Cŵn!

DAVID ROBERTS · ALAN MACDONALD
Addasiad Gwenno Mair Davies

Gomer

Casglwch lyfrau
Tudur Budr i gyd!

Cynnwys

CŴN!

PENNOD i

DING DONG.

'Tudur, dos i agor y drws, wnei di?' meddai Mam. Rhuthrodd Tudur ar hyd y cyntedd at y drws ffrynt.

'Post pwysig i rywun!' meddai'r postmon, gan estyn parsel brown iddo.

Roedd o wedi ei gyfeirio at Mr Tudur Llwyd. O! Am funud – y fo oedd hwnnw!

'DWI WEDI CAEL ANRHEG! DWI WEDI CAEL ANRHEG!' bloeddiodd wrth iddo sgrialu i'r gegin.

'Dydi hyn ddim yn deg!' cwynodd Siwsi. 'Pam na chefais *i* ddim byd?'

'Gan nad oes neb yn dy hoffi di,' meddai Tudur cyn tynnu ei dafod arni.

Roedd Mam wrthi'n astudio'r marc post. 'Mae'n rhaid mai anrheg pen blwydd hwyr ydi o. Dwi'n meddwl mai oddi wrth d'ewythr Ed o America mae o.'

Ebychodd Tudur. Ei ewythr cyfoethog, Ed? Roedd o'n gyrru'r anrhegion mwyaf anhygoel – er nad oedden nhw byth yn cyrraedd mewn pryd. Rhwygodd Tudur y papur lapio. Rhythodd ar y cynnwys. Roedd yn *wych!*

Tudur Budr

'Ha ha! Ci tegan ydi o,' meddai Siwsi.

'Na, nid tegan ydi o, ROBOGI ydi o!' bloeddiodd Tudur.

Darllenodd y label oedd wedi ei glymu wrth y coler.

HELÔ, FY ENW I YW ROB!

Dysga fi i wneud triciau campus!
Edrych ar fy ôl i a fi fydd dy ffrind gorau di!

Rhybudd: Rhaid osgoi dŵr

Hwn oedd yr anrheg gorau erioed! Roedd yn well hyd yn oed na'r dom-dinosôr cynhanesyddol a gafodd gan Darren ar ei ben blwydd. Roedd pen Tudur yn troi wrth feddwl am yr holl bethau y gallai eu gwneud â robot! Gallai Rob gadw pawb allan o'i stafell wely. Fedrai Tudur ddim aros i'w ddangos i'w ffrindiau – byddai'r

ysgol i gyd yn siŵr o fod yn genfigennus
ohono!

Daeth Chwiffiwr ato gan sniffian Rob yn
amheus. Pa fath o gi oedd hwn? Doedd o
ddim hyd yn oed yn *arogli* fel ci!

Plethodd Siwsi ei breichiau. 'Beth mae o'n
ei wneud, felly?'

'Mi fydd yn rhaid i mi ei hyfforddi gyntaf,'
atebodd Tudur, gan ddarllen y cyfarwyddiadau.

Daeth o hyd i fotwm ar gefn Rob a'i bwyso.
CLIC! BRRR, BRRR!

Dechreuodd Rob gyffroi. Fflachiodd ei
lygaid yn goch a siglodd ei ben o ochr i ochr.
Gosododd Tudur ef ar y llawr a gafael yn y
teclyn rheoli. Pwysodd fotwm arall.

'Eistedd, Rob!' gorchmynnodd.
BÎB, BÎB! CLIC, CLIC!

Plygodd Rob ei goesau ôl ac eistedd.

'Anhygoel!' ebychodd Dad.

'Gwych!' meddai Mam.

Tudur Budr

Edrychai Chwiffiwr yn ddryslyd. Doedd
neb yn cynhyrfu fel hyn pan oedd *o'n* eistedd.

'Gorwedd, Rob!' meddai Tudur.

BRRR, CLIC! Gorweddodd Rob.

Dyma ni'r sialens fawr, meddyliodd Tudur.

'Tyrd, Rob!' meddai, gan daro'i bengliniau'n
ysgafn. 'Tyrd at Tudur!'

CLIC, BRRR! BÎB, BÎB!

Tudur Budr

Dechreuodd coesau bychain Rob symud ac ymlwybrodd yn herciog ar hyd y llawr.

'Edrychwch! Mae o'n gwrando – mae o'n cerdded!' llefodd Tudur.

'Am beth bach annwyl!' meddai Mam.

Chwyrnodd Chwiffiwr. Roedd o wedi gweld hen ddigon. Roedd hi'n bryd iddo roi'r twyllwr bach yma yn ei le.

GRRR!

Llamodd am ben Rob a'i wthio'n fflat i'r llawr.

BÎB! BRRR!

GRRR!

'NA, CHWIFFIWR! CHWIFFIWR DRWG!'

Tudur Budr

meddai Tudur, gan gydio ynddo gerfydd ei goler a'i lusgo oddi arno.

Edrychai Chwiffiwr yn benisel. Beth oedd o wedi ei wneud o'i le rŵan?

Agorodd Tudur ddrws y cefn a'i wthio tuag ato. 'ALLAN!'

BANG! Caeodd y drws yn glep.

Aeth Chwiffiwr at y ffenestr i wylio pawb yn tyrru o amgylch y ci newydd, yn gwenu ac yn curo eu dwylo. Disgynnodd ei glustiau. Beth oedd yn digwydd? Eiliad yn ôl, fo oedd ffrind gorau Tudur, a'r eiliad nesaf, roedd rhyw fwngrel bach oedd yn cerdded fel pyped wedi cymryd ei le. Wel, roedd yna feistr ar Mistar Mostyn. Roedd o am ddangos i'r cenau bach yna pwy oedd ceiliog y domen!

PENNOD 2

Drannoeth, gorweddai Chwiffiwr yn aros am y postmon. Cyn hir, glaniodd pentwr o lythyrau'n drwm ar y mat.

BOW WOW! Llamodd i'r cyntedd yn gyffrous.

BRRR, BRRR! BÎB, BÎB!

Rhy hwyr – roedd Rob wedi achub y blaen arno. Cododd y llythyrau gerfydd ei geg a

Tudur Budr

gwibio heibio a'i lygaid yn fflachio'n goch.
Dilynodd Chwiffiwr ef yn benisel i'r gegin.

Arhosodd Rob wrth ymyl Dad gan ysgwyd
ei gynffon.

BÎB! WFFF! WFFF!

Edrychodd Dad wrth ei draed. 'Wel wir,
edrychwch ar hyn! Mae Rob wedi nôl y post i
mi! Pwy sy'n gi bach clyfar?'

Anwesodd y robot bach ar ei ben a
chymryd y llythyrau.

'Dwi wedi bod yn ei hyfforddi o,' meddai
Tudur, yn falch. 'Tro drosodd, Rob.'

Trodd Rob i orwedd ar ei gefn.

'Mae'n rhaid i mi gyfaddef, mae o'n
ymddwyn yn arbennig o dda.' Gwenodd
Mam. 'Ddim fel ambell i gi arall y galla i feddwl
amdanyn nhw.'

'Mae o'n gwneud popeth rydw i'n gofyn
iddo'i wneud,' meddai Tudur. 'Edrychwch!'

Tudur Budr

Pwysodd fotwm gwyrdd ar y ffon reoli. 'Dawnsia, Rob!'

BRRR, CLIC! SWWWB, SIB!

Daeth cerddoriaeth fain o grombil y robot a siglodd Rob o un ochr i'r llall wrth berfformio dawns fechan.

'O, mae o moooooooor ddel!' meddai Siwsi.

Cododd Dad ei ben o'i lythyrau. 'Ydi, ac ar ben hynny, dydi o ddim yn gadael blew ar y soffa.'

'Nac yn mynd yn wyllt pan mae cloch y drws yn canu,' meddai Mam.

'A wnaiff o ddim gwneud ei fusnes yng ngardd Mrs Melys,' meddai Siwsi.

Trodd pawb i edrych ar Chwiffiwr.

BOW WOW! cyfarthodd Chwiffiwr. *O'r diwedd*, roedd rhywun yn talu ychydig bach o sylw iddo! Roedd ei bowlen yn wag ac roedd o ar lwgu. Cododd ei bowlen a'i gollwng wrth

Tudur Budr

draed Dad. Ond dal ati i ddarllen ei lythyr
wnaeth hwnnw. Aeth Chwiffiwr draw at
Mam. Ond roedd hi'n brysur yn sgwrsio â
Siwsi.

Beth oedd yn bod ar bawb? Cariodd ei
bowlen draw at Tudur a'i gollwng i'r llawr.

BOW WOW! cyfarthodd, gan syllu ar Tudur
â llygaid mawr a thrist. Byddai hynny'n
gweithio bob tro.

Tudur Budr

'Ddim rŵan, Chwiffiwr, dwi'n brysur!' ochneidiodd Tudur, gan chwarae â'r teclyn rheoli.

Syllodd Chwiffiwr yn syn. Beth oedd yn digwydd? Roedd ei bowlen yn wag! A doedd neb wedi sylwi!

Ar ôl cinio, daeth Darren ac Eifion draw i chwarae. Roedd Tudur eisoes wedi bod yn brolio am Rob wrthyn nhw. Aeth â nhw allan i'r ardd i ddangos rhai o driciau'r robot iddyn nhw. Dilynodd Chwiffiwr gan obeithio cael cwrso darn o bren, neu chwarae 'Cnoi'r Slipar'. Fel arfer, byddai'n cael digon o sylw gan Darren, ond heddiw doedd o ddim fel petai wedi sylwi ei fod yno o gwbl.

'Robot go iawn!' ebychodd Darren. 'Am lwcus!'

'Gallet ti ei ddysgu i ddod â brecwast i'r gwely i ti,' meddai Eifion.

Tudur Budr

'A gwneud dy waith cartref.'

Hmm, roedd y syniad yma'n apelio'n fawr
at Tudur. Ond dim ond deg tric oedd yn cael
eu rhestru yn y llyfryn cyfarwyddiadau –
triciau fel 'Eistedd,' 'Gorwedd' a 'Gofyn'.
Wedi dweud hynny, dyna ddeg tric yn fwy nag
y gallai Chwiffiwr eu gwneud. Roedd
Chwiffiwr mor ufudd â chacen gwstard wy.
Yr hyn oedd yn dda am Rob oedd y gallech
fynd ag o i unrhyw le. Doedd o ddim yn
cyfarth, ddim yn cwyno a ddim y rhedeg i
ffwrdd ar ôl gwiwerod. Yn goron ar y cyfan,
Tudur oedd yr unig un o'r criw oedd yn
berchen ar Robogi.

'Dangos dric i ni,' meddai Darren.

'Iawn,' meddai Tudur. 'Rob, gorwedd!'

BRRR! CLIC! CLIC!

Gorweddodd Rob.

'Dyna gi bach da!' meddai Tudur. 'Rob, tro
drosodd!'

19

Tudur Budr

Trodd Rob i orwedd ar ei gefn.

'Dangos sut wyt ti'n gofyn!'

Eisteddodd Rob cyn codi ei ddwy bawen.

Roedd ei glustiau'n llipa a'i lygaid yn fawr.

'Waw!' chwarddodd Darren.

'Grêt!' llefodd Eifion.

Fedrai Chwiffiwr ddim credu ei lygaid.

Roedden nhw'n mynd dros ben llestri'n llwyr!

BOW WOW! Llamodd tuag atyn nhw ac yna ceisiodd ddal ei gynffon gan redeg mewn cylchoedd.

'Beth sy'n bod arno *fo*?' holodd Darren.

Tudur Budr

Cododd Tudur ei ysgwyddau. 'Dwn i ddim. Mae o wedi bod yn ymddwyn yn od ers i mi gael Rob.'

Dangosodd Rob iddyn nhw sut oedd o'n gallu chwarae bod yn farw. Dawnsiodd ei ddawns. Aeth draw at goeden a chodi ei goes. Chwarddodd Darren ac Eifion fel petai o'r peth mwyaf doniol iddyn nhw ei weld erioed. Rhythodd Chwiffiwr arnyn nhw. Doedd hyn ddim yn deg o gwbl! Pan oedd o'n pi-pi yn erbyn y giât roedd o mewn trwbwl mawr!

'Ac arhoswch i chi weld hyn,' meddai Tudur, gan godi darn o bren.

'Cwrsa, Rob.' Taflodd y pren dros ben Rob. Gwelodd Chwiffiwr ei gyfle. Efallai nad oedd o'n gallu dawnsio, ond doedd neb yn gynt na fo am nôl darnau o bren. Llamodd heibio i Tudur, gan ruthro am y darn pren.

Tudur Budr

BOW WOW! BOW –

Hei! Roedd rhywun yn gafael ynddo gerfydd ei goler!

'NA, CHWIFFIWR. Gad o!' gwaeddodd Tudur.

BRRR! BÎB! CLIC, CLIC!

Cerddodd Rob tuag at y pren a'i godi i'w geg. Daeth ag o i Tudur a'i ollwng wrth ei draed. Cafodd ei ganmol yn frwd gan Tudur.

'Ci clyfar! Pwy sy'n gi bach da?'

Chwyrnodd Chwiffiwr. *GRRR!* Wyt ti'n galw hwnna'n ddarn o bren? Roedd o am ddangos i'r cenau bach ffroenuchel sut oedd nôl darn o bren go iawn. Edrychodd o'i gwmpas. Aha! Beth am y ffon bren anferth acw sy'n dal y lein ddillad i fyny?

Llamodd ar draws yr ardd a chydio ym mhrop y lein ddillad yn ei geg.

BOING! Disgynnodd y lein ddillad i'r ddaear, a glaniodd cynfasau Mam yng nghanol y mwd.

Ar yr union eiliad honno, ymddangosodd
Mam yn y drws cefn.

'Tudur, wyt ti wedi gweld fy . . . NAAAA!
Edrych ar y golch yma! Mae popeth yn fudr!'

'Nid arna i mae'r bai!' meddai Tudur.
'Ar Chwiffiwr mae'r bai!'

Llamodd Chwiffiwr draw tuag atyn nhw,
gan gario'r polyn anferth yn ei geg.
Gollyngodd o wrth draed Mam ac ysgwyd
ei gynffon yn falch.

Rhythodd Mam arno. 'Ci drwg! I'r tŷ ar
unwaith!'

PENNOD 3

Yn ystod yr wythnos ganlynol, aeth
ymddygiad Chwiffiwr o ddrwg i waeth.
Ddydd Mawrth, gadawodd bwll o ddŵr
melyn yn y cyntedd. Ddydd Mercher,
cuddiodd asgwrn budr yng ngwely Mam a
Dad. Ddydd Iau ceisiodd gladdu teclyn rheoli
Rob yn yr ardd. Erbyn dydd Gwener, roedd
Mam a Dad wedi cael llond bol. Daeth yn

Tudur Budr

bryd cael sgwrs ddifrifol gyda Tudur wrth fwrdd y gegin.

'Mae'n rhaid i hyn stopio,' meddai Mam.

'Fedrwn ni ddim dioddef dim mwy,' ochneidiodd Dad.

Edrychodd Tudur yn hurt arnyn nhw. Am beth oedden nhw'n sôn? Doedd o heb gadw mwydod yn ei stafell wely ers tro – ddim yn unman y bydden nhw'n eu gweld nhw, beth bynnag.

'Beth ydw i wedi ei wneud o'i le rŵan?' holodd.

'Nid ti, Chwiffiwr!' meddai Dad. 'Mae o'n ein gyrru ni'n benwan!'

'Mae o'n cario esgyrn a darnau o bren i'r tŷ!' meddai Mam.

'Mae o wedi pi-pi ar y carped!'

'Mae o'n ein dilyn ni i bobman!'

'Nid fy mai i yw hynny!' cwynodd Tudur.

Tudur Budr

'Dy gi *di* yw Chwiffiwr,' meddai Dad. 'Dy gyfrifoldeb di yw edrych ar ei ôl o.'

'Ond, mi ydw i!'

'Na, dwyt ti ddim!' meddai Mam. 'Ddim ers i ti gael Rob. Pwy aeth â Chwiffiwr i'r parc yr wythnos yma? Pwy sydd wedi bod yn ei fwydo? Pwy sydd wedi gorfod glanhau'r llanast?'

Syllodd Tudur ar ei draed. Efallai ei fod o

Tudur Budr

wedi esgeuluso Chwiffiwr braidd – ddim ond
am fod ganddo gymaint o bethau i'w gwneud.
Dim ond ci bach oedd Rob ac roedd angen
hyfforddiant arno. Ac roedd hynny'n gymaint
mwy o hwyl.

Plethodd Mam ei breichiau. 'Mae'n ddrwg
gen i, Tudur, ond dydi hyn ddim yn gweithio.
Mae Chwiffiwr yn *genfigennus.*'

'CENFIGENNUS?' meddai Tudur.

'Ydi! Dydi o'n amlwg ddim yn hoffi cael ci
arall o gwmpas y tŷ. Mae'r ffaith dy fod ti'n ei
anwybyddu o yn gwneud y sefyllfa'n gan
gwaith gwaeth!'

'Wna i DDIM ei anwybyddu o,' meddai Tudur.
'Mi edrycha' i ar ôl y ddau ohonyn nhw!'

Edrychodd Mam ar Dad. 'O'r gorau,'
ochneidiodd. 'Mi gei di wythnos arall i brofi
dy hun.'

'Ond mae'n rhaid i Chwiffiwr roi'r gorau i'n
gyrru ni'n benwan,' meddai Dad.

PENNOD 4

'Chwiffiwr! Amser mynd am dro!'

BOW WOW!

Sgrialodd Chwiffiwr o'r gegin a neidio ar Tudur a'i wthio yn erbyn y wal. Roedd hi wedi bod yn amser hir ers iddyn nhw fynd am dro. Roedd 'am dro' yn golygu mynd i'r parc ac roedd y parc yn golygu gwiwerod.

Tudur Budr

'Ci da,' meddai Tudur, gan glipio'r tennyn yn sownd i'w goler. 'Mae Rob yn dod hefyd.'

Chwyrnodd Chwiffiwr gan ddangos ei ddannedd. *GRRR!* Nid y mwngrel bach mecanyddol yna!

Agorodd Tudur ddrws y tŷ, a rhuthrodd Chwiffiwr allan a'i lusgo ar hyd y llwybr. Dilynodd Rob yn simsan, yn bipian a brrrian.

Tudur Budr

Mae hyn yn grêt, meddyliodd Tudur. *Fi a'r cŵn a phawb yn ffrindiau gorau.*

Roedd y parc yn llawn pobl yn mynd â'u cŵn am dro. Roedd yno gŵn bocsyrs tal, daeargwn bychain swnllyd ac ambell i bwdl blewog. Ond doedd gan neb arall gi fel Rob. Heidiodd y plant eraill o amgylch Tudur yn eiddigeddus.

'Waw! Dy gi di yw hwn?' holodd merch fach â gwallt cyrliog.

Tudur Budr

'Ia,' meddai Tudur. 'Dyma Rob. Hoffet ti ei weld o'n dawnsio?'

Gwnaeth Tudur i Rob berfformio pob un o'i driciau. Ebychodd y dyrfa o'u cwmpas a churo eu dwylo. Edrychodd Chwiffiwr o'i amgylch wedi diflasu'n llwyr.

'Fedr o nôl fy mhêl i?' gofynnodd y ferch fach.

'Mi fedr o nôl unrhyw beth,' meddai Tudur, gan afael yn ei bêl rwber. Taflodd y bêl nes ei bod yn bownsio ar hyd y borfa gerllaw.

'Ar ei hôl hi, Rob!'

Tudur Budr

CLIC, CLIC! BRRRR! Ac i ffwrdd â Rob. Ond roedd Chwiffiwr wedi gweld y bêl hefyd. Rhuthrodd yn gynt na'r gwynt, gan basio'r robot. Eiliadau'n ddiweddarach, daeth o 'nôl â'r bêl i Tudur a'i gynffon yn ysgwyd yn gyflym.

'Na!' meddai Tudur. 'Aros, Chwiffiwr. Gad i Rob nôl hon.'

Taflodd Tudur y bêl mor bell ag y gallai. Anghofiodd Chwiffiwr bopeth am y gorchymyn i 'Aros' – roedd o'n well o lawer am ddilyn pêl. I ffwrdd ag o, gan rasio heibio i Rob er mwyn gallu cyrraedd yn gyntaf.

Bownsiodd y bêl i gyfeiriad y pwll.

DOINC! DOINC! . . . PLOP!

'ROB, NA, PAID . . !' bloeddiodd Tudur.

Ond yn rhy hwyr. Neidiodd Chwiffiwr i'r dŵr, gan achosi i'r hwyaid dasgu i bob cyfeiriad. Dilynodd Rob, yn herciog ar ei ôl.

SBLASH!

BRRR, BRRR! . . . BÎB! . . . BLYB BLYB . . . BLWP!

Tudur Budr

Tudur Budr

Daeth swigod i wyneb y dŵr.

'Rob!' galwodd Tudur. 'Rob?'

Distawrwydd.

'Fedr o ddim nofio,' meddai'r ferch fach.

Syllodd Tudur yn syn.

Eiliad yn ddiweddarach cyrhaeddodd Chwiffiwr fel corwynt ar bedair coes a neidio ar Tudur nes ei fod yn fflat ar y gwair. Roedd o'n fwdlyd, yn wlyb diferol ac yn cydio'n dynn mewn pêl rwber. Gollyngodd honno ar y borfa a chyfarth yn gyffro i gyd.

BOW WOW!

'Na! Ha ha! Paid!' chwarddodd Tudur, wrth i Chwiffiwr lyfu ei wyneb.

Cododd ar ei draed ac anwesu blew Chwiffiwr yn wyllt. 'Ci da,' meddai. 'Tyrd, gad i ni weld oes yna wiwerod yma.'

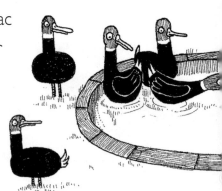

Tudur Budr

BOW WOW! Carlamodd Chwiffiwr fel
mellten flewog. Rhedodd Tudur ar ei ôl.
Roedd Rob wedi bod yn iawn – am robot –
ond doedd neb cystal â'r hen Chwiffiwr!

GWAHODDIAD!

PENNOD 1

Agorodd Tudur y drws ffrynt.

Rhuthrodd Nain heibio iddo a chamu i'r gegin lle'r oedd Mam, Dad a Siwsi'n bwyta swper. Doedd Tudur erioed wedi ei gweld wedi cynhyrfu gymaint. Roedd hi'n edrych fel petai hi ar fin hedfan.

'Wnewch chi fyth ddyfalu beth sydd wedi

digwydd!' meddai'n fyr ei gwynt. 'Rydw i am gael cwrdd â'r Frenhines!'

'Na!' ebychodd Mam.

'Ydw!'

'Erioed!'

'Ydw. Edrychwch – dyma'r gwahoddiad!'

Chwiliodd a chwalodd yn ei bag cyn estyn cerdyn ag ymylon arian ac arfbais bwysig iawn yr olwg arno.

Dymuna
Ei Mawrhydi'r Frenhines
gael cwmni
Mrs. D. Llwyd a gwestai
mewn *Parti Gardd Brenhinol*
ym MHALAS BUCKINGHAM
Dydd Sadwrn Mehefin 3ydd
(Gwisgwch yn smart os gwelwch yn dda)

Tudur Budr

Heidiodd Tudur, Siwsi, Mam a Dad o'i chwmpas i weld.

'Mawredd! Parti gardd brenhinol?' meddai Mam.

'Mae hyn mor gyffrous!' meddai Nain. 'Fedra i ddim aros!'

Darllenodd Siwsi'r gwahoddiad eto.

'A gwestai,' meddai. 'Beth mae hynny'n ei olygu?'

'Mae'n golygu y galla i fynd â ffrind neu berthynas hefyd,' eglurodd Nain.

'Beth? I gyfarfod â'r Frenhines?' holodd Tudur, a'i lygaid led y pen ar agor.

'Ie!'

'Ei CHYFARFOD hi, go iawn?'

'Ie, go iawn.'

Prin y gallai Tudur gredu ei glustiau. Mynd i barti yn nhŷ'r Frenhines! Roedd Tudur wrth ei fodd yn mynd i bartïon a hwn fyddai'r gorau erioed. Gallai ddychmygu'r bwyd –

Tudur Budr

jeli brenhinol a hufen iâ anferthol. A'r gêmau –
Faint o'r Gloch yw Hi, Mrs Brenhines?, Pasio'r
Parsel Aur a Chwarae Cuddio – a'r holl
gannoedd o stafelloedd i guddio ynddyn nhw.
Efallai y byddai'r Frenhines yn penderfynu ei
urddo'n farchog. Efallai y byddai
hi hyd yn oed yn gadael
iddo fenthyg ei choron am
ddiwrnod i'w gwisgo i'r
ysgol. Stopiodd Tudur
freuddwydio am eiliad.
Onid oedd Nain wedi
dweud mai dim ond *un*
gwestai oedd hi'n cael mynd gyda
hi'n gwmni i'r parti? A doedd hi heb ddweud
pwy fyddai'r gwestai hwnnw!

'Gadewch i mi gymryd eich côt chi, Dot,'
meddai Mam, wrth arwain Nain at gadair.

'Ydych chi'n gyfforddus? Mi af i i nôl clustog
arall i chi!' gwenodd Siwsi.

'Gymerwch chi ddarn o gacen?' cynigiodd
Dad, gan dorri darn anferth iddi.

Gwgodd Tudur. Roedd o'n gallu gweld yn
iawn beth oedd ei deulu slei yn ei wneud.
Roedden nhw am i Nain eu dewis nhw!

'Wel, ydych chi wedi penderfynu?'
gofynnodd Mam.

'Penderfynu beth?'

'Pwy fydd eich gwestai chi i'r parti gardd?'

Tudur Budr

'O do,' meddai Nain. Sychodd ei gwefusau'n ofalus â'i hances. 'Wel, doedd hi ddim yn dasg hawdd gan fod gen i gymaint o ffrindiau. Ond yn y diwedd, dyma fi'n dechrau meddwl – pwy ydw i'n ei adnabod sydd heb fod yn Llundain erioed? Pwy sydd erioed wedi gweld Palas Buckingham?'

'FI!' gwaeddodd Tudur, gan guro'r bwrdd mor galed nes i'r cwpanau ddechrau crynu.

'TUDUR?' ebychodd Siwsi.

'Ydi hynny'n syniad doeth?' meddai Dad. 'Tudur – yn cyfarfod â'r Frenhines?'

'Pam na ddylwn i ei chyfarfod hi?' mynnodd Tudur.

'Wel, y peth yw ... weithiau rwyt ti'n anghofio sut mae bod yn gwrtais.'

'Nac ydw i!' meddai Tudur, gan estyn am ddarn arall o gacen.

Yna, dechreuodd gofio am yr adeg honno pan ddaeth y Faeres i ymweld â'r ysgol. Trodd

Tudur Budr

hwnnw i fod yn achlysur digon trychinebus.
Ond doedd hi ddim yn hawdd i Tudur ysgwyd
llaw â darn o smwt yn sownd ar flaen ei fys.
Wedi dweud hynny, roedd yn benderfynol o
beidio â gwneud yr un camgymeriad gyda'r
Frenhines. Byddai ganddi hi weision i ddelio â
phethau felly, mwy na thebyg.

PENNOD 2

Roedd Tudur ar bigau'r drain eisiau dweud wrth ei ffrindiau yn yr ysgol. Arhosodd tan amser chwarae pan oedd pawb allan ar y cae chwarae.

'Beth ydych chi am ei wneud ddydd Sadwrn nesaf?' meddai.

Cododd Darren ei ysgwyddau. 'Dim.'

'Dwi'n mynd i nofio,' meddai Dona.

Tudur Budr

'Mae'n rhaid i mi ymweld â fy modryb,' meddai Eifion, braidd yn fflat.

'O. Dim ond fi fydd ddim yma felly,' meddai Tudur. 'Mae'n rhaid i mi fyd i Lundain. I gyfarfod y Frenhines.'

Syllodd y gweddill arno'n syn. Dechreuodd Darren chwerthin lond ei fol.

'TI? CYFARFOD Y FRENHINES? HA HA!'

'Go dda, Tudur,' gwenodd Eifion. 'Bu bron i mi dy gredu di am funud.'

'Mae'n *wir*!' meddai Tudur. 'Mae hi'n cynnal parti garddio. Mae Nain a finnau wedi cael gwahoddiad.'

'Gwahoddiad *i beth*?' holodd llais yn araf. Griddfanodd Tudur. Pwy arall ond Dyfan-Gwybod-y-Cyfan fyddai wedi bod yn clustfeinio pan nad oedd croeso iddo fod yno!

'Mae Tudur yn meddwl ei fod o am fynd i gwrdd â'r Frenhines,' gwenodd Darren.

Tudur Budr

'O ha ha, doniol iawn,' wfftiodd Dyfan.

'Mi *ydw* i!' meddai Tudur.

'Celwyddgi! Rwyt ti'n palu celwyddau!'

'Iawn, paid â 'nghoelio i,' meddai Tudur, yn llyncu mul.

'Wna i ddim,' meddai Dyfan.

'Iawn, mi ddof i â'r gwahoddiad i chi gael ei weld o.'

'Hy! Gallai *unrhyw un* greu gwahoddiad,'

Tudur Budr

gwawdiodd Dyfan. 'Pan fyddi di'n gallu profi dy fod ti wedi cyfarfod y Frenhines, yna mi wna i dy gredu di.'

'Iawn, mi wna i!' meddai Tudur. 'Mi dynna i ei llun hi. Mi gawn ni weld pwy yw'r celwyddgi wedyn!'

Llusgodd yr wythnos heibio. Wrth i'r diwrnod mawr agosáu, rhoddodd rhieni Tudur lawer o gyngor defnyddiol iddo.

'Paid â mwmian siarad!' meddai Dad.

'Rhaid sefyll yn syth!' meddai Mam.

'A plîs, plîs, plîs, PAID Â PHIGO DY DRWYN!'

'Dydw i ddim am wneud,' ochneidiodd Tudur. Byddai unrhyw un yn meddwl nad oedd ganddo'r gallu i fod yn gwrtais o gwbwl!

Estynnodd Mam gadair. 'O'r gorau, beth am i ni ymarfer. Dychmyga mai fi yw'r Frenhines

Tudur Budr

ac ry'n ni newydd gwrdd. Rŵan, beth wyt ti'n ddweud?'

'Ym . . . Ble mae'r bwyd?' meddai Tudur.

'Fedri di ddim gofyn hynny i'r Frenhines!'

'Pam lai? Mi fydda i ar lwgu.'

'Bydd yn rhaid i ti gynnal sgwrs gwrtais,' meddai Mam. 'A chofia ei galw hi'n "Eich Mawrhydi". Nawr, rho gynnig arall arni. Ahem . . . Prynhawn da ŵr ifanc.'

'Prynham da, Eich Mawrhwdi,' meddai Tudur.

Edrychodd Mam arno. 'Pam wyt ti'n siarad fel yna?'

Tudur Budr

'Dwi'n cynnal sgwrs be'-ti'n-galw.'

'Rwyt ti'n swnio fel bod gen ti lond dy geg o wm cnoi. Siarada'n iawn! A rho'r gorau i siglo ar dy sodlau!'

'Dwi'n moesymgrymu!' meddai Tudur.

'Wel, paid! Aros yn llonydd a siarad hefo fi. A brysia, does gan y Frenhines ddim drwy'r dydd!'

'Prynhawn da, Eich Mawrhwdi,' meddai Tudur. 'Ym, ble mae'r stafell fwyta?'

Cafodd Mam lond bol. Byddai cannoedd o bobl yn y parti gardd. Gyda lwc, châi Tudur ddim mynd yn agos at y Frenhines. Dyna'r unig beth y gallai hi obeithio amdano!

PENNOD 3

Gwawriodd y diwrnod mawr o'r diwedd.
Am ddeg o'r gloch fore Sadwrn, curodd Tudur
ar ddrws tŷ Nain. Bu'n rhaid i Nain edrych
arno ddwywaith. Ai ei hŵyr hi oedd hwn,
go iawn? Roedd wyneb Tudur yn sgleinio,
ei wallt wedi ei rannu'n daclus ac roedd o'n
gwisgo tei.

'Mawredd!' llefodd. 'Wnes i ddim dy

Tudur Budr

adnabod di. Rwyt ti'n edrych fel petait ti wedi cael dy sgwrio mewn bath o bolish!'

Tynnodd Nain lun ohono. Yna tynnodd Tudur lun o Nain yn ei ffrog a'i het newydd. Yna, cychwynnodd y ddau ar eu taith tua'r orsaf.

Toc wedi dau o'r gloch cyflwynodd y ddau eu hunain wrth giatiau'r Palas. Tywysodd dyn mewn gwisg smart y ddau i'r ardd fwyaf a welodd Tudur erioed. Roedd yno lawntiau gleision llydan, ffynhonnau dŵr godidog a cherfluniau o bobl noeth ymhob man.
Ar draws y lawnt, roedd yna gannoedd o bobl yn llifo o babell wen, enfawr.

Syllodd Tudur yn syn. Sut oedd o am gyfarfod y Frenhines gyda'r holl bobl eraill yma yno?

Yn y babell, gwaethygu wnaeth pethau i Tudur. Prin y gallai symud heb sefyll ar droed rhywun neu gael ei brocio gan fag llaw.

Tudur Budr

Ochneidiodd. Ble oedd y bwyd parti, tybed? Y jeli brenhinol a'r hufen iâ? Aeth gweinydd heibio yn cario hambwrdd o frechdanau ciwcymbr blasus yr olwg. Cymerodd Tudur un a'i gwthio i'w geg mewn un darn. Ond prin y byddai wedi bod yn ddigon i fwydo pysgodyn aur.

Edrychodd o'i amgylch. Roedd hwn yn argoeli i fod y parti gwaethaf erioed. Roedd pawb, bron, mor hen â Nain – a'r cyfan roedden nhw'n ei wneud oedd sefyllian a sipian te. Yn goron ar y cyfan, doedd y Frenhines heb drafferthu dod i'r parti! Roedd Tudur wedi bod yn cadw llygad am rywun yn gwisgo coron aur befriog, ond doedd dim golwg ohoni. Doedd dim gobaith iddo gael llun, felly. Beth fyddai'n dweud wrth ei ffrindiau?

'TUDUR!' hisiodd Nain.

'Beth?'

Tudur Budr

Tudur Budr

'Paid â bwyta mor gyflym. A phaid â dweud "beth", dyweda "pardwn".'

'Ond wnes i ddim torri gwynt!' protestiodd Tudur. Ochneidiodd. 'Ga i fynd i weld oes yna gacennau ar gael yn rhywle?'

Rholiodd Nain ei llygaid. 'Os oes rhaid. Ond paid â bod yn farus.'

Gwthiodd Tudur ei ffordd drwy'r dyrfa nes iddo weld gweinydd yn dod tuag ato'n cario llond plât o gacennau. Roedd y cacennau'n rhai bychain iawn. Tynnodd ar lawes y gweinydd, a dechrau llenwi ei blât. Clywodd lais o'r tu ôl iddo.

'Ydych chi'n mwynhau?'

Trodd Tudur i weld dynes mewn ffrog las golau a het o'r un lliw. Roedd hi tua'r un oed â Nain, ond yn siarad yn andros o neis, fel dynes dweud y newyddion.

'Ym, ydw . . . ydw diolch,' meddai Tudur.

'Mae un yn dychmygu nad ydyw peth fel hyn at eich dant chi,' meddai'r ddynes dan wenu.

'Beth? Oes gen i rywbeth ar fy nant?' meddai Tudur, cyn llyfu ei ddannedd blaen a phoeri ar y llawr.

'Dod i barti gardd oeddwn i'n ei feddwl. Ydych chi'n cael amser wrth eich bodd?'

'Ydych chi eisiau ateb gonest?' meddai Tudur, gan stwffio cacen fechan i'w geg.

'Ydw, y gwir.'

Tudur Budr

Edrychodd Tudur o'i gwmpas cyn sibrwd, 'Mae'n ddiflas iawn yma. Does yma ddim byd i'w wneud.'

'Aaaa,' meddai'r ddynes. 'Wela i.'

'Edrychwch, mewn difri!' meddai Tudur, gan boeri briwsion cacen i bob cyfeiriad. 'Byddech chi'n disgwyl i'r Frenhines drefnu rhywbeth gwell na hyn. Does yma ddim hyd yn oed balŵns na gêmau i'w chwarae! Gallai hi o leiaf fod wedi trefnu cael castell neidio mawr yma!'

Roedd y ddynes yn edrych fel petai hi'n hoffi'r syniad yma. 'Byddai'n rhaid i bobl ddiosg eu hetiau, wrth gwrs,' meddai.

Gwelodd Tudur gipolwg o Nain, a oedd fel petai'n ceisio dweud rhywbeth wrtho. Pwyntiai at gwmni Tudur a chwifio ei llaw fel petai'n ceisio cael gwared ar bry. Doedd gan Tudur ddim syniad beth oedd hi'n drio ei wneud. Doedd o ond wedi cymryd pedair cacen felly doedd o ddim yn bod yn farus.

Roedd yno bobl eraill yn aros i gael cwrdd â'r ddynes yn yr het las. Roedd hi'n amlwg yn ddynes ryfeddol o boblogaidd.

'Wel, rydw i wedi mwynhau ein sgwrs fach ni,' meddai. 'Dywedwch wrthyf, ydych chi'n hoff o gŵn?'

'Ym, ydw, mae gen i gi,' meddai Tudur. 'Chwiffiwr yw ei enw o.'

'Mae gen i bum corgi. Moli, Poli, Doli, Jên a Jemima. Hwyrach yr hoffech chi eu gweld nhw?'

Tudur Budr

'Fi?' meddai Tudur.

'Ie, mi wnaiff fy ngwas i ddangos y ffordd i chi.'

Moesymgrymodd dyn mewn siwt ddu. Pendronodd Tudur ynglŷn â pham oedd gan y ddynes was. Mae'n rhaid ei bod hi'n ddiog iawn, meddyliodd. Ond roedd cŵn yn fwy diddorol o lawer na phobl. Felly, dilynodd y gwas o'r babell ac i fuarth bychan. Safai morwyn yno'n aros gyda phum corgi bach tew, a phob un yn tynnu ar eu tennyn.

PENNOD 4

Gadawodd Tudur i'r corgwn lyfu'r briwsion
oddi ar ei ddwylo.

'Wyt ti'n hoff o gŵn?' holodd y forwyn.

'Ydw,' atebodd Tudur. 'A chi?'

'Methu â'u diodde nhw. Maen nhw'n drewi
ac yn swnllyd. Hoffet ti eu dal nhw am
ychydig?'

'Ga i?'

Tudur Budr

Cymerodd Tudur dennyn y cŵn oddi wrth y forwyn, a oedd yn amlwg yn falch o gael seibiant bach. Sniffiodd Moli, Poli, Doli, Jên a Jemima ei goesau.

'Dydyn nhw ddim wedi cael mynd am dro eto,' meddai'r forwyn.

'Hoffech chi i mi fynd â nhw am dro?' gofynnodd Tudur. 'Dydw i ddim yn rhy brysur.'

Meddyliodd y forwyn am eiliad. 'O'r gorau – ond dim ond o amgylch yr ardd. A chofia eu cadw nhw ar eu tennyn.'

I ffwrdd â Tudur. Roedd o wedi hen arfer mynd â Chwiffiwr am dro, ond roedd pum corgi bywiog yn fwy o drafferth o lawer. Roedd pob un ohonyn nhw'n tynnu i gyfeiriadau gwahanol, a'u tenynnau'n cymysgu'n un dryswch mawr o gwmpas ei draed. Roedden nhw ar y lawnt erbyn hyn, reit wrth ymyl parti gardd y Frenhines. Wps. Baglodd Tudur dros dap dŵr.

WWWWSH! Daeth y bibell ddŵr ymlaen, gan chwistrellu ffrwd o ddŵr i bob cyfeiriad.

'Aaa! Www!' sgrechiodd Tudur, gan ollwng ei afael ar y corgwn.

A'u pennau'n rhydd, rhuthrodd y cŵn drwy wely o flodau a rasio ar draws y lawnt.

'NA! DEWCH 'NÔL!' gwaeddodd Tudur,

Tudur Budr

wrth iddyn nhw anelu at ddrws y babell fawr wen.

Rhedodd ar eu holau. Roedd y parti yn ei anterth o hyd, ond wrth iddo gyrraedd y babell clywodd sŵn ofnadwy.

BOW WOW! CRASH! TINC! TONC!

Hyrddiodd Tudur ei hun ymlaen drwy'r dyrfa cyn sefyll yn stond. O'i flaen, roedd gweinydd yn gorwedd ar y llawr, wedi ei amgylchynu gan gwpanau a phlatiau wedi torri, a phum corgi bach tew yn dringo drosto, yn llyfu hufen a darnau o gacen.

Tudur Budr

'O diar!' ebychodd Tudur.

Roedd y parti wedi tawelu. Sgrialodd
y gweinydd i'w draed a moesymgrymu i'r
ddynes yn yr het las.

'Eich Mawrhydi, mae'n ddrwg
calon gen i,' meddai.

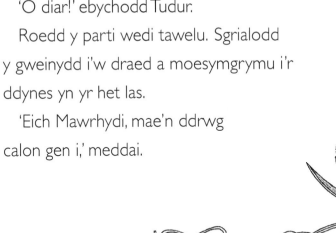

Tudur Budr

Safai Tudur yno'n gegagored. 'Eich *Mawrhydi?*' Felly – y ddynes yn yr het las oedd y FRENHINES? Pam nad oedd neb wedi ei rybuddio? Roedd o wedi dweud wrthi bod ei pharti hi'n ddiflas. Roedd o wedi gadael ei chŵn hi'n rhydd a thorri ei phlatiau gorau. Byddai'n siŵr o gael ei ddienyddio ar ôl hyn!

Trodd y Frenhines i wynebu Tudur a chodi ei haeliau.

'A,' meddai. 'A beth sydd gennych chi i'w ddweud, ŵr ifanc?'

Llyncodd Tudur ei boer. Moesymgrymodd yn isel.

'Eich Mawrhwdi . . . ym, a fyddech chi'n fodlon cael tynnu eich llun hefo fi?'

Tudur Budr

Y dydd Llun wedyn, roedd ffrindiau Tudur yn aros amdano ar y cae chwarae. Roedden nhw'n dal i gofio'i gelwydd gwirion.

'Felly?' gwenodd Darren. 'Sut oedd y parti?'

'Welaist ti'r palas?' holodd Eifion.

'A gefaist ti gyfarfod ei Mawrhydi?' chwarddodd Dyfan-Gwybod-y-Cyfan.

Arhosodd Tudur iddyn nhw stopio chwerthin. 'Do, a dweud y gwir,' meddai. 'Fe gawsom ni sgwrs fach dda.'

'Celwyddgi!' rhochiodd Dyfan. 'Rwyt ti'n palu celwyddau.'

'Ydw i?' meddai Tudur. Estynnodd i'w boced a thynnu llun allan ohoni. Rhythodd Dyfan yn gegrwth. Trodd yn welw, ac yna'n wyrdd.

Tudur Budr

'Mi gei di ei gadw o, os wyt ti eisiau,' meddai Tudur. 'Mae gen i lwyth ohonyn nhw gartre!'

PRIODAS!

PENNOD 1

Roedd Tudur wedi cael llond bol.

'Dydi hyn ddim yn deg! Pam na cha i aros gartre?'

'Am mai dy gyfnither di sy'n priodi,' meddai Mam.

'Dwi wrth fy modd hefo priodasau,' ochneidiodd Siwsi. 'Maen nhw mor rhamantus!'

Tudur Budr

'Ych-a-fi! Dwi'n eu casáu nhw!' meddai Tudur.

Roedd y briodas ddiwethaf i'w rieni ei lusgo iddi'n ddiflas dychrynllyd. Yntau'n gorfod eistedd yn gwrando ar areithiau a oedd yn mynd ymlaen ac ymlaen am ddyddiau. A'r holl fodrybedd y bu'n rhaid iddo'u cusanu cyn mynd adref! Y tro yma, roedd ei gyfnither, Dora yn priodi ei chariad, Andrew. Roedd Tudur wedi cyfarfod â Dora dwp. A fedrai o ddim deall pam fyddai unrhywun eisiau siarad â hi – heb sôn am ei phriodi.

'Ry' ni'n mynd, a dyna ddiwedd,' meddai Mam. 'Mae Siwsi'n forwyn a thithau'n was bach.'

Edrychai Tudur mewn arswyd. *Fo?* Yn was bach?

'Dim perygl!' wfftiodd.

'Y cyfan sydd angen i ti 'neud yw edrych yn smart,' meddai Mam.

Tudur Budr

'Dydw i *byth* yn edrych yn smart,' meddai Tudur.

'Mi fyddi di ar gyfer priodas Dora,' meddai Mam yn gadarn. 'Dyna pam ry' ni'n mynd i siopa ddydd Sadwrn. Er mwyn i Siwsi gael ffrog morwyn ac i tithau gael cilt.'

'CILT?' prin y gallai Tudur anadlu. 'Ond mae hynny'n golygu gwisgo … gwisgo …'

'SGERT!' chwarddodd Siwsi. 'HA HA!'

'Paid â bod yn wirion,' meddai Mam. 'Albanwr yw Andrew a bydd yna lawer o ddynion yn gwisgo cilt.'

'Pam na cha i wisgo jîns?' gofynnodd Tudur.

'Am mai priodas yw hi!'

Griddfanodd Tudur. Dyna beth oedd hunllef! Yr hunllef waethaf erioed! Fedrai hyn ddim bod yn digwydd iddo!

Tudur Budr

Fore dydd Sadwrn aeth Mam â'r ddau ohonyn nhw i siop briodas 'Carped Coch' yn y dref. Daeth rhyw siopwraig ffroenuchel i'w helpu i ddewis dillad i'w trio. Dewisodd Siwsi ffrog borffor ddel gyda llewys anferth a mynd i newid. Ddewisodd Tudur ddim byd. Roedd pob cilt yn rhy fawr, yn rhy hir, yn rhy . . . sgertlyd! Yn y diwedd dewisodd Mam un ar ei gyfer. Aeth Tudur i'r stafell wisgo a chau'r drws yn glep.

Ymhen ychydig funudau, dyma Siwsi'n ymddangos.

'O, cariad, rwyt ti'n edrych yn hyfryd!' meddai Mam.

Dangosodd Siwsi ei hun o flaen y drych. Roedd hi wastad wedi breuddwydio am gael bod yn forwyn briodas. Yr unig drueni, meddyliodd, oedd y ffaith y byddai Tudur yno i ddifetha'r holl luniau.

'Ble mae Tudur?' holodd Mam. 'Mae o wedi mynd i newid ers tipyn.'

Curodd ar ddrws y stafell wisgo. 'TUDUR?'

'Dydi o ddim yma!'

'Tudur, hel dy draed, ry' ni'n aros!'

'Dydi o ddim yn ffitio. Mae'n rhy fawr!' cwynodd Tudur.

73

Tudur Budr

'Paid â swnian! Gad i mi weld!' meddai Mam.

'NA!'

Plethodd Mam ei breichiau. 'Iawn, dwi am gyfrif i dri. Un, dau, tr—'

BLAM! Agorodd drws y stafell newid led y pen. Stompiodd Tudur allan, yn gwgu'n gynddeiriog. Roedd o'n gwisgo siaced ddu, crys ffriliog a chilt gwyrdd gyda sboran flewog. Er mai dyma'r cilt lleiaf yn y siop, roedd o'n cyrraedd at fferau Tudur.

'Mae o'n rhy fawr!' cwynodd. 'Dwi'n edrych yn ddwl!'

Tudur Budr

'Ooo,' meddai Siwsi. 'Beth am ruban bach pinc yn dy wallt hefyd?'

'CAU DY GEG!' meddai Tudur.

'Paid â chymryd sylw,' meddai Mam. 'Mae digon o fechgyn yn gwisgo cilt. Dwi'n meddwl dy fod ti'n edrych yn olygus dros ben.'

Gwgodd Tudur ar ei adlewyrchiad yn y drych. Golygus? Fedrai o ddim mynd i unman yn edrych fel hyn! Beth petai un o'i ffrindiau yn ei weld o? Roedd hi'n ddigon drwg ei fod yn gorfod mynd i briodas Dora o gwbwl, ond gwisgo sgert dartan? Na, doedd o ddim am wneud hynny, ddim i'w gyfnither na neb arall chwaith. A dyna ben arni!

PENNOD 2

Dringodd Tudur i'r car a suddo i'r sedd gefn.
Roedd bore priodas Dora ac Andrew wedi
cyrraedd. Roedd o wedi trio popeth i beidio
gwisgo'r cilt blewog afiach. Roedd o wedi
ceisio honni ei fod o wedi rhwygo, yna wedi
ei golli, ac yna ei fod o wedi disgyn lawr
y toiled. Ond doedd dim twyllo Mam.
Roedd hi'n benderfynol y byddai Tudur yn

Tudur Budr

gwisgo'r cilt a gorau po gyntaf y byddai'n derbyn hynny.

Cychwynnodd y ceir am yr eglwys. Roedd Tudur yn teithio gyda Siwsi a Ned, y gwas priodas. Gwingodd Tudur yn ei sedd. Roedd y cilt y cosi. Stwffiodd o rhwng ei goesau. Roedd o'n gobeithio'n arw na fyddai'n ddiwrnod gwyntog. Dywedodd Dad nad oedd yr Albanwyr yn gwisgo unrhyw beth o dan eu cilt nhw – ond doedd o ddim yn debygol o gredu hynny! Roedd o'n gwisgo dau bâr o bants, rhag ofn.

'Symud draw!' cwynodd Siwsi.

'Symuda di draw!' meddai Tudur.

'Na! Rwyt ti'n eistedd ar fy ffrog i!'

'Dyna ddigon!' ochneidiodd Ned. 'Ry' chi'n rhoi cur pen i mi!'

Rholiodd Tudur ei lygaid. Am ffyslyd! Petai ar Tudur angen gwas priodas rywbryd, fyddai o byth yn dewis Ned.

77

Tudur Budr

Edrychodd Ned ar ei oriawr. Gwnaeth yn siŵr fod ei hances a'i araith yn ei boced. Gwnaeth yn siŵr hefyd fod ganddo focs bach y fodrwy.

'Beth sy gen ti?' meddai Tudur.

'Y fodrwy briodas, y ffŵl,' meddai Siwsi.

'Ga i weld?'

'Na chei siŵr!' meddai Ned.

'Plîs. Plîs, plîs, plîs . . .'

'O, o'r gorau,' ildiodd Ned. 'Ond bydd yn ofalus!'

Agorodd Tudur y bocs. 'Waw!' ebychodd. 'Ydi hon yn aur go iawn?'

'Wrth gwrs ei bod hi'n aur go iawn!'

Doedd Tudur erioed wedi rhoi ei law ar fodrwy aur go iawn o'r blaen. Yr unig fodrwy a gafodd o erioed oedd honno mewn cracer Nadolig. Mae'n rhaid bod gan Dora ddwylo bychain gan fod y fodrwy yma'n

Tudur Budr

un fach bitw. Cododd Tudur hi i'r awyr. Efallai
y byddai hi'n ei ffitio? Llithrodd hi dros ei
fawd i weld.

'TUDUR!' brathodd Ned. 'Rho hi 'nôl.'

'Iawn, iawn,' ochneidiodd Tudur. Doedd gan
rai pobl ddim amynedd!

Tynnodd ar y fodrwy. Wps! Doedd hi ddim
yn symud. Ceisiodd ei throi. Aw! Tynnodd
eto. Dechreuodd stryffaglu a chwysu. Ond
roedd y fodrwy'n sownd.

'Tudur, tyrd!' griddfanodd Ned.

'Dwi'n . . . trio . . . 'ngorau!' meddai Tudur

yn fyr ei wynt. 'Dwi'n meddwl ei bod hi'n . . .
awww . . . sownd!'

Trodd y car rownd cornel a dod i stop y tu
allan i'r eglwys. Dringodd pawb allan.
Dechreuodd Siwsi a Ned geisio tynnu'r
fodrwy oddi am fawd Tudur yn wyllt.

'Aros yn llonydd!'

'Mi ydw i . . . AW! Mae'n brifo!' cwynodd
Tudur.

Roedd y fodrwy'n sownd fel glud. Doedd
dim ots faint ro'n nhw'n troi a thynnu, doedd
hi ddim yn dod yn rhydd. Dyma gar arall yn
cyrraedd a daeth Mam a Dad allan ohono.

'Popeth yn iawn?' meddai Dad.

'Bai Tudur yw'r cyfan,' meddai Siwsi. 'Roedd
o'n chwarae â'r fodrwy ac aeth hi'n sownd
am ei fawd o.'

'Beth?'

Cododd Tudur ei fawd er mwyn dangos
iddyn nhw.

Tudur Budr

'Nid fi sydd ar fai!' grwgnachodd. 'Sut o'n i i wbod y byddai hi'n mynd yn sownd?'

'Wrth gwrs mai ti sydd ar fai,' gwylltiodd Ned. 'Ddylet ti ddim bod wedi'i chyffwrdd hi yn y lle cyntaf.'

Brasgamodd yn ôl ac ymlaen mewn panig. Roedd hyn yn ofnadwy, yn hunllefus! Roedd pawb wedi cyrraedd yr eglwys, a byddai Dora yma unrhyw funud. Ond allen nhw ddim dechrau'r gwasanaeth heb fodrwy!

Tudur Budr

Edrychodd Dad ar ei oriawr. 'Beth wnawn ni?'

Cafodd Mam syniad. 'Menyn!' llefodd.

'Beth?'

'Menyn – dyna sut mae tynnu'r fodrwy! Rhwbio menyn yn ei fawd o.'

'Ond ble gawn ni fenyn?' holodd Ned.

'Neuadd yr eglwys falle?' meddai Siwsi.

'Wrth gwrs!' meddai Mam. Roedd pawb yn mynd i neuadd yr eglwys wedi'r gwasanaeth ar gyfer y parti priodas. Byddai yno ddigon o fwyd, a menyn yn rhywle, gobeithio.

Ar hynny, cyrhaeddodd car mawr gwyn. Roedd y briodferch wedi cyrraedd yr eglwys. Daeth Dora allan o'r car, yn llusgo cwmwl anferth o sidan ar ei hôl. Dyna pryd ddechreuodd Mam drefnu.

'Brysiwch,' meddai. 'Mi dria i feddwl am rywbeth i'w rhwystro nhw. Tudur, rhed i'r neuadd gyda Dad.'

Tudur Budr

'Fi? Pam?' meddai Tudur.

'I chwilio am fenyn!' llefodd Mam.

'A BRYSIWCH!!'

PENNOD 3

Rhedodd Tudur a Dad i neuadd yr eglwys.
Roedd hi'n wag yno. Roedd y stafell wedi ei
gosod yn barod ar gyfer y parti priodasol.
Ym mhen pellaf y stafell roedd bwrdd hir yn
drwm gan fwyd a diod ar gyfer y gwesteion.
Goleuodd wyneb Tudur. Doedd o heb fwyta
ers amser brecwast.

Tudur Budr

'O'r gorau,' meddai Dad. 'Edrycha di yn fan hyn, Tudur. Mi edrycha innau yn y gegin.'

Ac i ffwrdd â Dad fel mellten. Syllodd Tudur yn llwglyd ar y bwyd. Cydiodd mewn llond llaw o greision, er mwyn ei helpu i feddwl. Beth ddywedodd Mam? O ie, menyn. A ble fydden nhw'n cadw'r menyn? Edrychodd ar y bwrdd. Cnau, dipiau, selsig a chaws – ond dim menyn.

'Wyt ti wedi dod o hyd i beth?' gwaeddodd Dad, wrth glecian drysau cypyrddau yn y gegin.

'Na, ddim eto!'

Cydiodd Tudur mewn dyrnaid arall o greision rhag ofn i'r gwasanaeth fynd yn hirwyntog. Yn ffodus, roedd ei sboran yn berffaith ar gyfer cadw byrbrydau. Edrychodd o'i amgylch er mwyn gwneud yn siŵr nad

Tudur Budr

oedd Dad yn ei wylio. Aros, beth oedd hwn?
Roedd cacen briodas Dora ac Andrew wedi
ei gosod ar droli. Roedd Tudur wrth ei fodd â
chacennau, ac roedd hon yn anferth. Roedd
hi ar ffurf twr o dair cacen wedi eu haddurno
â rhosod pinc. Ar y gacen isaf, mewn ysgrifen
o eisin, roedd y geiriau:

Llongyfarchiadau ar eich
Diwrnod Arbennig

Tudur Budr

Rhythodd Tudur arni. Eisin – wrth gwrs!
Roedd eisin yn union fel menyn. Roedd ei
fawd yn hofran uwch y gacen briodas hyfryd.
Ddylai o? Roedd amser yn brin ac roedd yn
rhaid iddo gael y fodrwy'n rhydd. Hwn oedd
ei gyfle olaf. SHHLYRP! Sgwpiodd Tudur
ychydig o eisin â'i fys.

Mmm – ddim yn ddrwg! Profodd un o'r
rhosod pinc. *Mmm mmm mmm.*

Gan gofio cyngor ei fam, trochodd ei fawd
mewn eising a'i lyfu i ffwrdd. Wps! Roedd yr
ysgrifen ar y gacen wedi ei difetha braidd.
Roedd rhai o'r llythrennau ar goll. Ond beth
am y fodrwy? Trodd hi. HWRÊ! Llithrodd
dros ei fawd. Gwych!

'Unrhyw lwc, Tudur?' llefodd Dad, gan
ymddangos o'r gegin.

Roedd Tudur yn sefyll o flaen y gacen.

'O . . . ym, do. Dwi wedi'i chael hi i ffwrdd!'
Cododd y fodrwy i'r awyr yn fuddugoliaethus.

Tudur Budr

'Diolch i'r nefoedd!' meddai
Dad. 'Gest ti hyd i fenyn?'

'Ym, do, o ryw fath,' meddai Tudur.

'Pam ein bod ni'n dal i sefyll yma, felly?'
meddai Dad. 'Rhaid i ni fynd yn ôl i'r eglwys ar
unwaith!'

Cymerodd Tudur gipolwg dros ei ysgwydd
ar y gacen wrth iddo adael. Roedd hi'n
edrych braidd yn flêr. Ond roedd hi'n rhy
hwyr iddo wneud unrhyw beth amdani erbyn
hyn. Wedi'r cyfan, dim ond cacen oedd hi.
Pwy fyddai'n sylwi?

PENNOD 4

Cyrhaeddodd y ddau y tu allan i'r eglwys a'u gwynt yn eu dwrn. Rhoddodd Dad ei glust wrth y drws. Ochneidiodd.

'Maen nhw wedi dechrau!'

'Beth?' llefodd Tudur. 'Ond fedran nhw ddim!'

'Mae'n amlwg nad oedden nhw'n gallu aros! Bydd yn rhaid i ni sleifio i mewn yn dawel,' meddai Dad.

Tudur Budr

'Ond beth am y fodrwy?' meddai Tudur, gan ei dal yn yr awyr.

'Rho hi i Ned! Ond ceisia beidio tynnu sylw atat ti dy hun.'

Yn yr eglwys, roedd Dora ac Andrew yn sefyll wrth yr allor, a'r ficer yn dechrau ar yr addunedau priodasol. Sychodd Ned ddiferyn o chwys oddi ar ei dalcen. Ble ar wyneb y ddaear oedd Tudur? Os na fyddai'n cyrraedd cyn bo hir, fe fyddai'n rhy hwyr!

'Dora Lora Lewis,' meddai'r ficer 'a gymeri di Andrew yn ŵr priod i ti?'

'Gwnaf,' meddai Dora'n gyffrous.

'Andrew John McDougal, a gymeri di Dora yn wraig briod i ti?'

'Gwnaf,' gwenodd Andrew.

Yna, daeth saib hir.

'Y fodrwy!' sibrydodd y ficer.

Tudur Budr

'O, ym, ie, y fodrwy . . .' meddai Ned yn baglu dros ei eiriau ac yn troi'n binc llachar. Edrychodd yn ei bocedi fel petai hynny'n debygol o'i helpu.

'Ned!' hisiodd Dora.

Ysgydwodd Ned ei ben yn ddiymadferth. 'Does . . . ym . . . gen i . . .'

CRASH!

Tudur Budr

Trodd pob pen yn yr eglwys i edrych.
Roedd Tudur wedi rhuthro i fyny'r ystlys a
llithro, gan ddisgyn yn fflat ar ei wyneb.
Roedd ei gilt wedi codi dros ei gefn, a
phawb yn cael golygfa braf o'i bants.
Y ddau ohonyn nhw. Dechreuodd Siwsi
biffian chwerthin.

'TUDUR!' hisiodd Ned.

Tudur Budr

Cododd Tudur ar ei draed, taclusodd ei gilt a chamu ymlaen. Yn ei law, roedd ganddo rywbeth pinc a gludiog fel fferen wedi hanner ei sugno. Y fodrwy. Rhoddodd hi i Andrew. Llithrodd Andrew'r fodrwy ar hyd bys Dora.

'YCH!' meddai Dora.

Wedi'r gwasanaeth heidiodd pawb i neuadd yr eglwys ar gyfer y parti priodas. Bu'n rhaid i Tudur eistedd a gwrando ar oriau o areithiau diflas, ond doedd dim ots ganddo. Doedd o ddim mewn trwbwl, am y tro. Roedd Dora wedi cwyno ei fod bron â difetha ei diwrnod mawr, ond roedd Andrew wedi ei gysuro gan ddweud nad oedd unrhyw niwed wedi ei wneud.

Cododd Ned a churo'r bwrdd â llwy.

'Foneddigion a boneddigesau, mae hi'n bryd i'r priodfab a'r briodferch dorri'r gacen!'

Tudur Budr

Llyncodd Tudur ei boer. O na! Y gacen –
roedd o wedi anghofio popeth amdani!

Gwthiodd gwraig y troli i'r blaen, ble'r oedd
y briodferch a'r priodfab yn aros yn eiddgar.
Gafaelodd Dora yn y gyllell yn barod i dorri'r
tamaid cyntaf. Rhythodd. Ebychodd. Edrychai
fel petai ar fin llewygu.

Ei chacen briodas hyfryd – wedi ei difetha!
Edrychai'r twr yn gam, ac roedd yna
olion bysedd drosti i gyd. Roedd
rhywun wedi bwyta'r mwyafrif
o'r rhosod pinc. I goroni'r
cyfan, roedd ambell i
lythyren ar goll, ac felly
roedd y neges erbyn
hyn yn dweud:

Llo a dau r e ch
od Arben

Tudur Budr

'NAAA! FY NGHACEN I!' sgrechiodd
Dora.

Trodd Mam a Dad i edrych. Doedd yna
ond un person allai fod yn gyfrifol am hyn —
un â chilt sticlyd a golwg euog ar ei wyneb.

'TUDUR!' griddfanodd Mam.

Llyncodd Tudur ei boer. Stwffiodd ei law i'w
sboran.

'Ym . . . creision rhywun?'